Lila Rosenroth

Die Geschichte hinter dem Regenbogen

Von der Sternenfee und

den beiden Königen, die sich liebhatten

Für all die Kinder

unter dem Regenbogen …

1.

Es war einmal ein Königreich. Das war ein ziemlich fortschrittliches Königreich und hatte nicht nur einen König und eine Königin, sondern derer viele. Eigentlich waren alle Bewohner des Königreichs Könige und Königinnen. Zumindest wenn sie das wollten.

Unter diesen vielen Königen und Königinnen lebten zwei ganz besondere Könige. Der eine hatte eine strohblonde Löwenmähne und einen kitzeligen sonnengelben Rauschebart und der andere dichte feuerrote Haare auf dem Kopf, buschige Augenbrauen und einen gewaltigen Schnurrbart. Die beiden hatten einander sehr lieb. Deshalb brauchten sie auch keine Königin.

Die beiden Könige waren aber mit verschiedenen Königinnen befreundet und freuten sich immer, wenn sie etwas gemeinsam unternehmen konnten. Sie spazierten mit ihnen durch den Winterwald und erfreuten sich an den

Abertausenden von winzigen hellblau leuchtenden Leberblümchen, die im Frühling das raschelige Laub durchbrachen. Sie tanzten mit ihnen jeden Juni auf dem ausgelassenen Fest im Lindenmoor, das die Ankunft des Sommers feierte. Sie stießen mit ihnen im Herbst auf den Ackerschollen auf eine gute Ernte an und fuhren mit ihnen im Winter auf einem silbernen Schlitten über die schneebedeckten Felder zum Dunkelberg, wo der jährliche Neujahrsschmaus mit einem spektakulären Feuerwerk

sein Ende fand. Nachdem sie so manch angenehme Stunde mit den verschiedenen befreundeten Königinnen verbracht hatten, winkten sie ihnen zum Abschied freundlich zu. Dann gaben sich die beiden Könige einen zärtlichen Kuss, der sie wegen des sonnengelben Rauschebartes und des gewaltigen roten Schnurrbartes immer so im Gesicht kitzelte, dass sie

herzhaft lachen mussten. Und schließlich machten sie sich auf den Heimweg zu ihrem Schloss. Denn die beiden wohnten zusammen in einem hübschen kleinen Schloss gleich neben einem grünen Wald, in dem rauschende Tannen ihre Nadeln und hohe Eichen, Erlen und Linden ihre grünen Blätter gen Himmel reckten und es eine Menge Hoppelhäschen, Rehlein und zahme Bären gab. Ein bunter Regenbogen spannte sich am Himmel über ihrem Schloss und erfreute die Menschen rundherum mit seinen fröhlichen Farben.

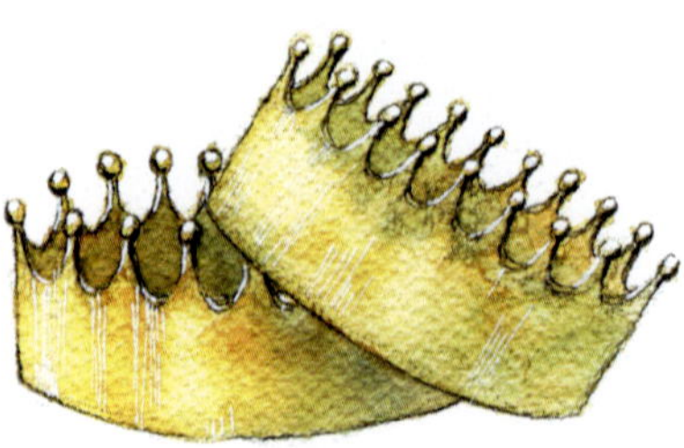

II.

Die beiden Könige waren wirklich glücklich miteinander. Sie herzten und küssten sich oft, lachten viel und stritten nur sehr selten. Ihr Schloss war schon etwas älter, hatte einen schwarzweiß karierten Marmorfußboden und einen großen Ballsaal an einer geschwungenen Treppe mit zwei steinernen Löwen an ihrem Ende. Sie waren zwar nicht reich, hatten aber alles, was sie brauchten, um gut leben zu können: Eine bescheidene Kutsche mit einer silbernen Rose auf beiden Seiten und einem rubinroten Vorhang, der vor die Fenster gezogen werden konnte. Zwei mit Samt bezogene Thronsessel aus schwarzem Ebenholz, die zwar schon etwas durchgesessen, dafür aber besonders schön geschnitzt waren. Und natürlich zwei goldene Kronen. Denn ein richtiger König besitzt auch eine Krone, die er sich ab und zu auf den Kopf setzt, wenn ihm gerade danach ist. Kurzum, das Leben meinte es gut mit ihnen. Sie hätten ewig so weiterleben können.

Wenn da nicht eine winzige Kleinigkeit gewesen wäre, die ihnen zu ihrem Glück noch fehlte: Sie hatten keine Kinder. Dabei wünschten sie sich schon so lange eine kleine Prinzessin oder

einen kleinen Prinzen, dass es ihnen manchmal schon fast wehtat. Zwar hatten sie all die Häschen, die Rehlein und auch die zahmen Bären, die im Wald hinter dem Schloss wohnten und die sich nur allzu gerne von ihnen auf den Arm nehmen und streicheln ließen. Aber auch das zutraulichste Rehlein ist nicht genug und nicht das flauschigste Häschen, wenn in zwei sich liebenden Königen der Wunsch nach einem kleinen Königskind erwacht.

III.

Was aber konnten sie tun? Die meisten Könige und ihre Königinnen brauchen einander nur sehr, sehr lieb zu haben, damit sich ihr Wunsch nach einem kleinen Prinzesschen oder einem kleinen Prinzen erfüllt. Zwei Könige ohne Königin hingegen können sich so liebhaben, wie sie wollen, allein können sie keine Königskinder bekommen.

Königinnen hatten es da einfacher. Für sie gab es einen Ort, an dem ihr Sehnen Erfüllung zu finden vermochte: Den Quell der Wünsche!

Nur wenige Menschen wussten um seine Geheimnisse. Doch den Königinnen ohne König waren sie wohlbekannt. In einer versteckten Niederung der fruchtbaren Auenebene verbarg sich ein Hain ewigblühender Apfelbäume. In seiner Mitte ergoss sich wundersames Quellwasser aus dem tiefsten Schoß der Erde in

einen kreisrunden Teich. So manche Königin, die sich am Quell labte, wurde alsbald kugelrund und gebar nach neun Monaten ein kleines Königskind. Oft ruhten Königinnenpaare, die sich liebten, im Schatten der Apfelbäume, liebkosten einander und leerten dabei so manch güldenen Becher des kostbaren Nasses.

Die weiß-rosa leuchtenden Blütenblätter regneten auf sie herab, und das Gesumm unzähliger Bienen, die emsig von Blüte zu Blüte flogen, erfüllte die Luft.

Auch die beiden Könige kannten den Quell. Zwei ihrer Freundinnen waren so zu Müttern geworden. Seither waren sie und ihre kleine Prinzessin eine der glücklichsten Königinnen-familien im ganzen Land.

Allein, der Quell der Wünsche konnte den zwei Königen nicht helfen. Denn nur Königinnen können Kinder unter ihrem Herzen tragen; Könige hingegen vermögen dies nicht. Die beiden dachten lange und gründlich darüber nach, wie sie es den beiden Königinnen mit der kleinen Prinzessin gleichtun könnten. So sehr sie aber auch nachdachten, es fiel ihnen nichts ein. Darüber wurden sie tieftraurig.

IV.

Es traf sich nun, dass in dem dichten Wald, der hinter dem Schloss begann, ein verwunschener Turm stand. Von außen war er verwittert, von einer dichten Rosenhecke umrankt und bedrohlich abweisend. Sein Inneres aber war duftig, einladend und rein. Denn darin lebte eine Fee, die ihn in schönster Ordnung hielt. Die Rosen trieben Jahr für Jahr wunderschöne Blüten. Diese Blüten überdeckten die dornigen Ranken, die die Turmmauern emporgeklettert waren und es für die Menschen unmöglich machten, bis zur Fee vorzudringen und sich mit ihr anzufreunden.

Die Fee war nicht böse, sie lebte nur gar zurückgezogen und wollte von der Welt nicht viel wissen. Es genügte ihr vollkommen, allein durch den Wald zu wandeln, sich um ihren Turm zu kümmern und nachts aus dem Turmfenster heraus den samtigen Nachthimmel zu betrachten. Das Licht von Tausenden und Abertausenden weit entfernter Sterne spiegelte sich dann in ihren tiefschwarzen Augen und ließ sie funkeln wie Edelsteine, während sie still über Vergangenheit, Gegenwart und Zukunft nachdachte. Sie war eine wahre Sternenfee,

und die fühlen sich des Nachts und in stiller Einsamkeit am allerwohlsten. Dennoch war sie bei ihren Spaziergängen schon dem einen oder anderen König begegnet, der sich noch spätabends in den Wald verirrt hatte. Dann war sie, die sternenfunkelnden Augen scheu abwendend, für gewöhnlich rasch wieder in ihren rosenüberrankten Turm entschwunden, in den ihr niemand zu folgen vermochte.

Eines Abends, in der leisen Stunde nach der Dämmerung, kurz bevor die Nacht die Welt umarmt, beobachtete die Sternenfee die beiden Könige im Wald. Sie saßen auf einer Lichtung, streichelten die Häschen, die Rehlein und die zahmen Bären und sahen dabei dennoch traurig aus. Die Fee hörte, wie die Könige darüber

sprachen, dass sie wohl niemals ein eigenes Prinzesschen oder einen kleinen Prinzen in ihren Armen wiegen würden, und sah sie heimlich weinen.

Da rührte sich etwas im Herzen der Sternenfee. Sie spürte, dass auch sie sich ein Kindlein wünschte. Zwei Tränen rollten über ihr Antlitz, als sie aus dem Dunkel der Bäume auf die dämmrige Lichtung trat. Sie fasste die beiden Könige an den Händen, küsste sie auf die Wangen – wobei sie trotz der Tränen herzhaft lachen musste, weil ihr die Bärte unter der Nase kitzelten – und fragte sie, ob sie gemeinsam mit ihr eine kleine Prinzessin oder einen kleinen Prinzen großziehen wollten.

V.

Die beiden Könige trafen die Sternenfee viele Monde lang auf der Lichtung in der Nähe des rosenüberrankten Turms. Jeden Monat reichten sie ihr einen goldenen Becher mit dem kostbaren Nass aus dem Quell der Wünsche. Jeden Monat von neuem hofften sie darauf, es sei dies die Zeit, dass sich ihr Wunsch erfüllte. Allein, sie hofften vergeblich.

Nach einer langen Zeit des Bangens und des Wartens waren sie der Verzweiflung nahe. Sie wussten, dass ihnen nur noch ein Wunder helfen konnte.

Wunder jedoch waren unsicher und teuer im Königreich und wurden nur für Königinnen gewirkt, die mit Königen zusammenlebten, die sie sehr liebhatten, und die dennoch keine Kinder bekommen konnten. Denn die Mächtigen, die die Regeln im Lande bestimmten, hatten es so beschlossen. Nur für diese Königspaare wurden die eisenbeschlagenen Schatztruhen des Reiches einen Spalt weit geöffnet. Mit vielen Goldstücken wurde dann den im Lande wohnenden Zauberern ein Opfer gebracht. Denn ohne Opfer half ein Zauberer niemandem.

Und die Hilfe eines Zauberers war eine wichtige Voraussetzung für ein Wunder, wenn sich ein Königspaar schon lange vergeblich nach einer kleinen Prinzessin oder einem kleinen Prinzen gesehnt hatte.

Den Zauberern war es streng verboten, Königspaaren, die nicht aus einer Königin und einem König bestanden, zu einem Wunder zu verhelfen. Sie verlangten von den Königspaaren, denen sie helfen sollten, daher neben der Opfergabe auch ein Stück Papier. Auf dem musste stehen, dass die Königin und der König zusammen in einem Schloss lebten und dass sie ein ganz gewöhnliches Königspaar waren. Zwei Könige, die sich liebhatten, oder auch zwei Königinnen konnten ein solches Dokument

nicht vorzeigen. Denn die Mächtigen des Landes weigerten sich, ihnen ein solches Stück Papier auszuhändigen. Und so wagte es kein Zauberer im ganzen Land, ein Wunder für sie zu wirken, selbst wenn die Könige oder die Königinnen die Goldstücke für das Opfer selbst zu zahlen bereit waren.

Die beiden Könige, die sich liebhatten, hatten aber von einem fernen Land gehört, in dem die Mächtigen weniger streng und auch die Goldstücke, die man den Zauberern darbringen musste, weniger zahlreich waren. Davon erzählten sie der Sternenfee. Gemeinsam wollten sie dort ihr Glück versuchen.

VI.

So machten sich die drei auf den beschwerlichen Weg in das fremde Land. Das lag hinter dem Regenbogen und war viele Tagesreisen entfernt. Die Könige hatten ihre goldenen Kronen verkauft und auch ihre Kutsche mit den beiden silbernen Rosen auf den Seiten. Denn sie brauchten viele Goldmünzen, die sie sonst nicht gehabt hätten.

Ohne Kutsche mussten sie zu Fuß gehen. Der Sternenfee erging es besser. Denn Feen können fliegen, und das ist viel weniger anstrengend als zu laufen. Sie hatte kleine tiefblau schimmernde Flügelchen, die unterhalb ihrer Schulterblätter saßen. Damit schwebte sie neben den müden Königen, die mit schweren Füßen, aber Hoffnung im Herzen, ihrem Ziel entgegenschritten. Manchmal flatterte die Sternenfee zu den Blümelein am Wegesrand, um sich an ihrem Duft zu erfreuen. Denn duftende Blumen mögen Feen besonders gern. Nachts, wenn die Könige so erschöpft waren, dass sie kaum noch zu laufen vermochten, schliefen sie eng aneinandergekuschelt im Mondenschein ein und träumten von ihrem ersehnten Kinde. Die Sternenfee saß an ihrer Seite, betrachtete Mond und Sterne und wachte über ihren Schlaf.

Als die Bäume des Waldes schon längst weiten Ebenen gewichen waren, auf denen sich silbrig-graue Birken im Winde wiegten, und der Regenbogen schon lange am Horizont hinter ihnen verschwunden war, trafen sie endlich im Land der fremden Zauberer ein. Die Zauberer schauten die beiden Könige und die Sternenfee lange an und machten dabei griesgrämige Gesichter. Auch wenn es ihnen nicht verboten war, Menschen zu einem Wunder zu verhelfen, wann immer sie den Wunsch danach verspürten, so mochten sie Könige, die einander liebhatten, nicht besonders gerne. Sie waren keine wirklich freundlichen Zauberer. Aber auch sie wussten Wunder zu wirken und waren bereit, dies für jeden zu tun, der ihnen den verlangten Preis in klingenden

Goldmünzen zahlte. Sie fragten nicht danach, ob die Sternenfee eine Königin war, die mit einem der beiden Könige zusammenlebte und ihn sehr liebhatte. Die Zauberer sahen nur die Goldstücke, die die Könige für den Verkauf der beiden goldenen Kronen und die Kutsche mit den silbernen Rosen auf den Wagentüren erhalten hatten.

Die Augen der fremdländischen Zauberer glitzerten kalt, als sie die geopferten Goldmünzen in ihre Truhen schlossen. Die Sternenfee fröstelte, als sie mit den Ritualen und Beschwörungen begannen, die für das Wunder notwendig waren. Dunkelheit umfing die Sternenfee, als sie in eine tiefe Ohnmacht fiel.

VII.

Als die Sternenfee wieder zu sich kam, trugen die beiden Könige sie sanft in ihren Armen. Sie sahen müde aus und ganz anders als zuvor. Fort waren die feuerroten Haare des einen, die dichten Brauen und der gewaltige Schnurrbart. Fort waren auch die strohblonde Löwenmähne und der sonnengelbe Rauschebart des anderen. Ihre Köpfe waren kahl und stoppelig. Die Zauberer hatten sie geschoren, weil sie die Haare brauchten, um ihre Beschwörungen ausführen zu können.

Die Sternenfee war immer noch erschöpft, als sie versuchte, mit ihren Flügeln zu schlagen. Sogleich verspürte sie aber einen stechenden Schmerz auf ihrem Rücken, der in dumpfes Pochen überging. Denn fort waren auch ihre tiefblau schimmernden Flügelchen. Die Zauberer hatten sie abgebrochen, und dort, wo sie bisher gesessen hatten, spürte sie nichts mehr als die Leere, die ihre Abwesenheit verursachte, und den pochenden Schmerz. Zwei dicke Tränen kullerten über die Wangen der Sternenfee. Die beiden kahlköpfigen Könige blickten sie traurig an und küssten ihr die Tränen zärtlich vom Gesicht. Nichts kitzelte dabei, und niemand verspürte auch nur das geringste Bedürfnis zu lachen. Die Sternenfee war nun auch zu schwach, um allein an den Blumen zu riechen, die hier

und da am Wegesrand standen. Da pflückten sie ihr die Könige und flochten einen Kranz daraus. Den setzten sie ihr auf die kühle Stirn. Die Sternenfee freute sich darüber und lächelte. Auch wenn die Blüten noch die gleichen schienen wie Tage zuvor, so war ihr doch, als hätte sich ihr Geruch verändert. Statt der lieblichen Süße, die sie vor kurzem noch so anziehend fand, verströmten sie nun einen leicht bitteren Duft.

Zu Hause im Schloss legten die beiden Könige die Sternenfee in ein weiches Bett, das sie in den Ballsaal gestellt hatten. Denn der Ballsaal war der schönste Raum im ganzen Schloss. Die Könige wollten die Sternenfee mit ihren Schmerzen nicht allein in ihrem Turm im Wald lassen und sie nur mit den schönsten Dingen umgeben.

VIII.

Die Sternenfee verließ das Bett für eine lange Zeit nicht mehr. Sie konnte kaum mehr auf dem Rücken liegen, und die Stellen, an denen ihre Flügel gesessen hatten, schmerzten sie so sehr, dass sie kaum noch schlafen konnte. Die beiden Könige saßen oft bei ihr, brachten ihr frische Blumen und bemühten sich, ihr jeden Wunsch von den tiefschwarzen Augen abzulesen. So umsorgten sie die Sternenfee besser als jeder König jemals zuvor seine Königin umsorgt hatte.

Nachdem viele Monde ins Land gegangen waren, schreckte eines Nachts ein Schrei die beiden Könige aus ihrem Schlaf. Sie sprangen aus dem großen Bett, in dem sie eng umschlungen geschlafen hatten, und eilten über die geschwungene Treppe und an den steinernen Löwen vorbei in den Ballsaal. Dort fanden sie die Sternenfee, die zwei winzig kleine Wesen in den Armen hielt. Es waren

das schönste Mädelein und das süßeste Bübchen, das die Könige jemals gesehen hatten. Sie weinten vor Glück und konnten ihre Augen nicht von den beiden Kindern lassen, die ihnen die Sternenfee behutsam in die Hände legte. Sie herzten und küssten einander. Dann fielen sie vor der Sternenfee auf die Knie und schworen, sie zu ehren, ihr Leben lang ihre besten Freunde zu sein und die Kinder gemeinsam mit ihr großzuziehen.

IX.

So geschah es. Die Nachricht verbreitete sich in Windeseile im ganzen Land. Viele Könige und Königinnen staunten nicht schlecht, als sie erfuhren, dass die beiden Könige, die sich liebhatten, Väter zweier wunderschöner Kinder geworden waren. Nicht weniger staunten sie, als sie erfuhren, dass es die Sternenfee aus dem verwunschenen Turm im Wald war, die die kleine Prinzessin und den Prinzen zur Welt gebracht hatte. Andere Könige, die sich genauso liebhatten, fragten sich, ob nicht auch sie Kinder bekommen könnten. Sie schrieben lange Briefe an die Mächtigen des Landes. Denn sie fanden es ungerecht, dass die Zauberer nicht allen Königspaaren zu einem Wunder verhelfen durften und die Schatztruhen des Landes nicht für alle Königspaare, die sich liebhatten, geöffnet wurden. Und so mussten die Mächtigen des Landes widerstrebend damit beginnen, die ungerechten Regeln zu ändern.

X.

Die Sternenfee, die beiden Könige und ihre geliebten Kinder lebten fortan glücklich miteinander auf dem Schloss. Der sonnengelbe Rauschebart und die strohblonde Löwenmähne zierten schon bald wieder das Haupt des einen Königs, und auch die feuerroten Haare, der Schnurrbart und die buschigen Augenbrauen des anderen wuchsen mit der Zeit nach. Die wunden Schulterblätter der Sternenfee hatten noch lange geschmerzt. Eines Tages jedoch zeigten sich auf ihnen zwei rosige Knöspchen, die schließlich aufbrachen und sich zu neuen tiefblau schimmernden, durchscheinenden Flügelchen entfalteten. Schon bald fiel es der Sternenfee nicht mehr schwer, sich wieder in die Luft zu erheben und von Blüte zu Blüte zu flattern. Nur der lieblich-süße Duft der Blumen, die sie doch so liebte, wollte nicht zurückkehren, und die Bitterkeit ihres Geruchs ließ sie oft mit einer stillen Sehnsucht zurück. Das befreundete Königinnenpaar kam häufig mit ihrer kleinen Prinzessin zu Besuch. Dann spielten die Kinder im alten Schloss und im grünen Wald und streichelten die Hoppelhäschen, die Rehlein und die zahmen Bären. Nur noch selten

zog sich die Sternenfee in ihren Turm im Wald zurück. Oft sah man sie zusammen mit den beiden Königen, der kleinen Prinzessin und dem Prinzchen auf dem Schloss. Der Regenbogen leuchtete bunt über ihrer Welt. Und so waren sie eine glückliche Familie.

ENDE

Wer ist Lila?

Vor einigen Jahren machte ich mit meiner Familie Urlaub auf der Insel Capri. Bei einer Bootsfahrt durch die berühmte Blaue Grotte begegnete ich Lila zum ersten Mal. Schon damals muss sie uralt gewesen sein. Unzählige Falten und Fältchen durchzogen ihr Gesicht und bedeckten ihre Arme und Hände. In ihren Augen, die das azurblaue Leuchten der Grotte reflektierten, tanzten goldene Fünkchen, die an Sterne erinnerten. Ein weißes Leinenkleid bedeckte ihren zerbrechlich wirkenden Körper. Elegant und würdevoll saß sie mit uns im Boot, die weißen Haare unter einem elfenbeinfarbenen Turban versteckt. Als sie uns mit ihrem scheuen Blick anlächelte, wehte ein Hauch von Zitronenblüten über das Wasser.

Von diesem Tag an sahen wir sie öfter, wenn wir abends durch die Straßen spazierten oder die Insel abseits der Ortschaften erkundeten. Einmal saß sie mit einem ungefähr gleichaltrigen Mann, der stets in einen dreiteiligen hellen Sommeranzug gekleidet war und einen Strohhut trug, auf einer steinernen Bank an den Ruinen der Tiberius-Villa und schaute auf das Meer hinaus. Die beiden schienen merkwürdig vertraut miteinander zu sein und sich wortlos zu verstehen. Ein sonderbar altmodischer Sonnenschirm aus weißer Spitze beschattete sie. Ein anderes Mal trafen wir Lila bei Sonnenuntergang allein am Strand, wo sie in der Abendkühle auf einem Felsen saß.

Eines Abends, die Sonne war gerade hinter dem Horizont verschwunden und die ersten Sterne standen am Himmel, fanden wir sie unterhalb des Monte Solaro mit geschlossenen Augen unter einem knorrigen Zitronenbaum ruhend. Ich wollte sie nicht stören und war gerade dabei, einen anderen Weg einzuschlagen, als meine damals acht Jahre alte Tochter – für mich unerwartet – mit flinken Sprüngen zu ihr hüpfte und sich neben sie auf die mit silbrigen Sternen bestickte Decke setzte. Die Situation war mir unangenehm, und ich wollte schon schimpfen, blieb aber still, als ich sah, wie die alte Dame die Augen aufschlug, lächelte und mit einer einladenden Geste neben sich deutete. So lernten wir uns kennen.

Von nun an trafen wir uns bis zu unserer Abreise zwei Wochen später fast jeden Abend an dem Zitronenbaum. Sie sprach anfangs wenig und hörte lieber zu, wenn meine Tochter munter auf sie einplapperte. Sie gewöhnte sich aber schnell an unsere Gesellschaft, ihre Worte kamen häufiger und schließlich begann sie, auf die neugierigen Fragen meiner Tochter – die mir anfangs schrecklich peinlich waren, Lila aber nicht zu stören schienen – aus ihrem Leben zu erzählen. In welchem Jahr sie genau geboren war, wollte sie uns nicht verraten. Es muss aber zu einer Zeit gewesen sein, als Glühlampen noch etwas ganz Neues waren und viele Menschen ihre Wohnungen mit Gaslampen oder Kerzenlicht beleuchteten. Über die kopfsteingepflasterten Straßen der Städte und kleinen Ortschaften fuhren keine Autos, sondern holperten Pferdefuhrwerke und Kutschen. Lila ist auch nicht ihr richtiger Name. Ihre Väter hätten sie so gerufen, sagte sie, und ebenso ihr Bruder. An dieser Stelle wurde sie von meiner Tochter unterbrochen, die aufgeregt lossprudelte: Zwei Väter? Das geht doch gar nicht! Lila lächelte nur.

Als sie jung war, studierte sie als eine der ersten Frauen an der Berliner Universität. Nachdem die goldenen Zwanziger zuendegegangen waren und sich die Wolken am Himmel über Berlin schon längst verdunkelt hatten, schiffte sie sich in Hamburg auf einem der riesigen Ozeandampfer ein, die damals noch die einzige Verbindung in die Neue Welt darstellten. Keinen Fuß mehr setzte sie in den kommenden Jahren auf den Boden ihrer Heimat. In Amerika angekommen gründete sie eine Familie. Wie ein Sprößling, der zu einem starken Baum heranwächst, dessen Äste sich mit den Jahren verzweigen, bunte Blüten treiben und süße Früchte tragen, wuchs auch ihre Familie. In der zweiten Hälfte des zwanzigsten Jahrhunderts (ihre Kinder waren längst erwachsen, hatten ihr Enkel und Urenkel geschenkt) packte sie in der Stille ihres Hauses immer häufiger die Sehnsucht nach den Orten ihrer Kindheit und Jugend, und schon bald streifte sie wieder durch die Städte und Städtchen des alten Europas.

Am Vorabend unserer Abreise hatte sich der Himmel mit dunklen Wolken zugezogen. Wir waren wie üblich bei Sonnenuntergang an dem alten Zitronenbaum verabredet und trafen sie dort in nachdenklicher Stimmung. Es nieselte und sah nicht nach einem Sonnenuntergang aus. Plötzlich aber erhob sich säuselnd ein Wind vom Meer und die rote Sonne brach durch die Wolken. Ein zarter Regenbogen erschien wie von Zauberhand gemalt am regenfeuchten Abendhimmel. Lila betrachtete ihn einen kurzen Moment schweigend. Die glücklichen Falten eines nicht zu unterdrückenden Lächelns umspielten ihre glitzernden blauen Augen und ihren Mund, als sie leise zu sprechen begann. Es war ein Märchen, das sie uns auf ihre umständliche Art und mit altmodischen Worten erzählte. Als sie geendet hatte, leuchteten die Sterne am Abendhimmel. Der Wind hatte die verbliebenen Wolken zerstreut und die Zikaden zirpten in den hohen Gräsern. Auf dem dämmrigen Weg nach Anacapri leuchtete uns der weiße Anzug ihres Begleiters entgegen und kam rasch näher. Er reichte ihr seine Hand, half ihr auf, und wir verabschiedeten uns. Auf unserem Weg zurück ins Hotel drehten wir uns noch einmal um. Die Nacht war mittlerweile vollständig hereingebrochen, und in der Ferne konnten wir die beiden weiß schimmernden Figuren sehen, die Hand in Hand allein unter dem weiten Sternenzelt standen. Sie winkten uns ein letztes Ade und waren bald darauf in der Dunkelheit verschwunden.

Seither hören wir von Lila mehrmals im Jahr. In ihrer geschwungenen Handschrift, die mit ihren schwer entzifferbaren Buchstaben wie aus der Zeit gefallen scheint, schreibt sie uns Briefe und Postkarten von den Orten, die sie besucht. Eine der letzten erreichte uns von einem Kreuzfahrtschiff, mit dem sie gerade die Ägäis bereiste.

Ihre Geschichte? Musste ich aufschreiben. Nicht nur meine Tochter wollte sie seit jenem magischen Abend an dem Zitronenbaum auf Capri wieder und wieder hören. Es ist ein merkwürdiges Märchen. Mit einem Anfang voller Liebe, gefüllt mit Traurigkeit, Hoffnung und Grausamkeit, am Ende aber voller Glück. Dabei ist es wie das Leben – ein einziges Wunder. Und schenkte meiner Tochter und ihren Geschwistern die Erkenntnis: Ein Kind kann sehr wohl zwei Väter haben. Und auch zwei Mütter!

A.K.R.

Berlin, den 5. Juni 2013

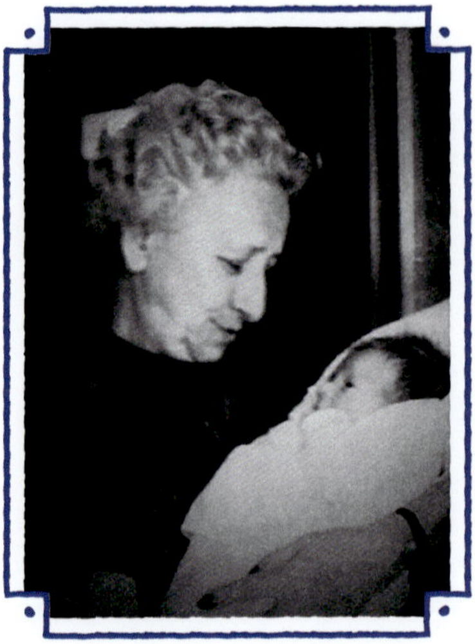

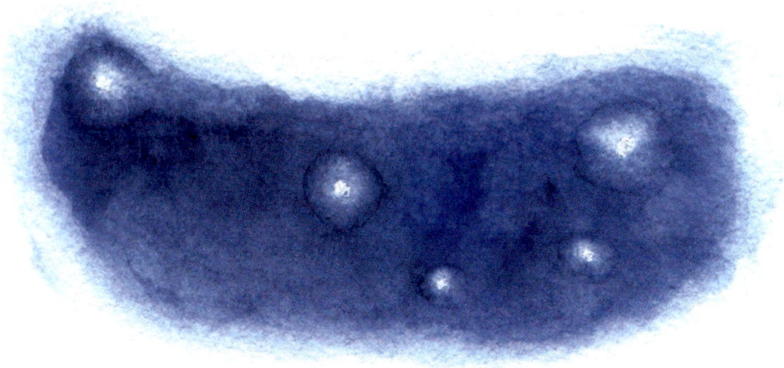

Lila Rosenroth

vor 1918:
geboren in einem kleinen Ort zwischen Königsberg und Berlin; wuchs glücklich mit zwei Vätern, der Mutter und einem Zwillingsbruder auf dem Land auf

1918 – 1924:
Studium der Naturwissenschaften an der Berliner Universität, Abschluss als eine der ersten Frauen ihrer Fakultät

1933:
Emigration in die Neue Welt und Gründung einer Familie; mittlerweile mehrfache Großmutter, Urgroßmutter und Ur-Urgroßmutter

seit 1969:
regelmäßige Reisen durch Europa, Afrika, Asien und Australien

Sie liebt die Nacht, den Sternenhimmel und Kinder.